IN GEFAHR UND GRÖßTER NOT,

bringt der Mittelweg den Tod

(Friedrich Freiherr von Logau, 1604-1655)

Im Juli 2018
Detlef Zeiler
Gegenwartsforscher

© 2018 Detlef Zeiler

In Gefahr und größter Not…

Teil 2

ISBN 978-3-7469-5166-9 (Paperback)

1. Auflage 2018

Verlag und Druck: tredition GmbH, Halenstraße 40-44, 22359 Hamburg

www.tredition.de

Bibliografische Information der Deutschen Nationalbibliothek:

Die Deutsche Nationalbibliothek verzeichnet diese Publikation in der Deutschen Nationalbibliografie; detaillierte bibliografische Daten sind im Internet über http://dnb.d-nb.de abrufbar.

Personen:

- **Dave** - David Reinwald *(angeblich Lehrer: Geschichte)*

- **María** - María Ortega *(ehemalige Schulpsychologin)*

- **José** - José Rodriguez *(Movimiento Carlos Pizarro)*

- **SR. Gonzáles** *(Lehrer: Physik, Philosophie)*

- **Einige Guerilleros**

- **Armin** *(ehemaliger „Mitarbeiter" von Dave, Stalker)*

- **Erster alter Mann** *(Faktotum: Hotel in Cúcuta)*

- **Isabel** *(Besitzerin eines Hotels in Cúcuta)*

- **Ein VW-Busfahrer** in Venezuela *(Benzinschmuggler)*

- **Zweiter alter Mann** *(Portier im Hotel Colonial/Caracas)*

- **Carlos** *(Gehilfe im Hotel Colonial)*

- **Phil** *(Mitarbeiter in der US-Drogenabwehr DEA)*

- **Phils bewaffnete Helfer**

- **Jorge** *(Ex-Mitglied der Farc, jetzt MCP)*

- **Einige Soldaten**

- **Pablo** *(MCP: Movimiento Carlos Pizarro)*

- **Ricardo** *(Soldat in Venezuela)*

- **Die Gruppe „MCP".** Movimiento Carlos Pizarro

In Gefahr und größter Not... - Teil II

In einer stark gerafften Zusammenfassung werden die
wichtigsten Vorfälle aus Teil 1 erzählt. Dabei wird auch
die Gruppe „MCP" (Movimieto Carlos Pizarro) erwähnt.
Szene 67 bis 69 aus Teil 1 können in voller Länge
wiedergegeben werden. Am Ende: Maria und Dave
fahren an den Resten von Reynolds Auto vorbei...
Dann:

BEI SR. GONZÁLES

1   **INNEN. FAHRENDES AUTO - TAG**   1

Der in Teil 1 gezeigte amerikanische Straßenkreuzer
fährt über eine holprige Landstraße durch eine
bewaldete Landschaft. Innen unterhalten sich DAVE und
MARÍA über die letzten Vorfälle.

> DAVE
> Wieso das? Kannst du mir das
> erklären!

María, die am Steuer sitzt, schaut zunächst zu Dave,
ohne etwas zu sagen. Fährt weiter.

> DAVE
> Rick war mein Freund - und ich
> dachte, du stehst auf der Seite von
> Reynolds.

> MARÍA
> Dein Freund? Hör mal. Sie wusste
> alles von uns - und wer weiß, was
> uns in Caracas erwartet hätte.
> Freunde gibt's bei denen nicht.
> *(Pause)*

DAVE
Glaubst du, die lassen uns jetzt
noch von der Leine, wenn die
beiden wichtige Figuren waren? So
schwer wird es nicht sein, ihr Ende
zu rekonstruieren. Hast du eine
Ahnung, wen wir uns da zum Feind
gemacht haben?

MARÍA
Ich weiß mehr als du ahnst.

Sie zeigt ihm den USB-Stick des ermordeten
Schulrektors Maier.

DAVE
Der USB-Stick von Maier? Du hast
ihn nicht zurückgebracht?

MARÍA
Ist dir das nicht aufgefallen, als wir
versucht haben die Dateien von
Maier zu entschlüsseln?
(Pause)
Ich war nicht sicher, ob sich alle
Daten kopieren ließen. Und ich hatte
Recht.

Dave schaut sie skeptisch an, ohne etwas zu sagen. Sie
fahren weiter durch die Pampa - bis vor ihnen die Finca
des Physiklehrers Sr. Gonzáles auftaucht.

MARÍA
Ist dies das Haus von Gonzáles?

DAVE
Ja. Am Wochenende kommt er für
gewöhnlich hierher.

Das alte Auto hält. Sie warten, schauen vorsichtig, ob
sich etwas rührt. Nichts, alles ruhig.

DAVE
Er scheint nicht da zu sein. Sein
Auto steht für gewöhnlich dort
drüben. Aber schau mal, dort
drüben, hinter den Bäumen, da
scheint ein anderes Auto zu stehen.

Dave deutet auf eine dicht stehende Baumgruppe. María
nun auch.

DAVE
Warte hier im Auto, bis ich dich rufe.

MARÍA
OK.

2   AUßEN. HOF VOR DER FINCA - TAG   2

Dave geht zum Haus. Die Türe ist nur angelehnt. Dave
schiebt sie mit der Hand vollends auf.

3   INNEN. FINCA - TAG   3

DAVE
Sr. Gonzáles, sind Sie da?

Alles bleibt ruhig. Dave tritt ein, geht durch den Flur in
ein dunkles Zimmer. In dem Moment, wo er den
Lichtschalter antippt, bekommt er einen Schlag auf den
Hinterkopf. Er fällt. Von der Seite tritt JOSÉ ins Bild. Er
fesselt Dave und zieht ihn zur Seite.

Dave wacht wieder auf, stöhnt.

JOSÉ
Bist du alleine?

DAVE
José, was soll das?

JOSÉ

Wo ist María?

DAVE

Unterwegs nach Cartagena. Sie hat
dort Freunde. Weißt du doch.

JOSÉ

Ich weiß nur, dass ihr beide zuletzt
zusammen wart.

DAVE

José, binde mich los.
Bist du etwa eifersüchtig, ist es
deshalb?

JOSÉ

Darum geht's nicht.
(Pause)
Wieso sind Geheimdienste hinter dir
her? Du scheinst denen wichtig zu
sein.

In dem Moment tritt María ein, eine Pumpgun im
Anschlag.

MARÍA

José, binde ihn los! Was soll der
Quatsch? Wir müssen weiter. Wir
haben zwei US-Agenten hochgehen
lassen. Die arbeiten eng mit einigen
aus unserem Militär und den
Contras zusammen, das weißt du
doch!

José, der eine Pistole in den Händen hält, lässt diese
nach unten sinken. Er schaut etwas verwirrt zu María.

JOSÉ
(jetzt wieder gefasst)

Auch Jorge ist euch auf den Fersen.
Dein neuer Freund weiß zu viel über
uns - und Jorge traut ihm nicht. Er
hat euch auf eine Todesliste gesetzt.

MARÍA
(Atmet heftig aus. Kleine Pause.)

Na klar! José, ich habe nichts mit
Dave. Und wenn das stimmt, was du
von Jorge sagst, dann müssen wir
erst recht verschwinden.
(Pause, andere Tonlage)
Du solltest uns beseitigen?

José *(im Gegenschuss)* bleibt stumm. Er schaut zur
Seite, steckt die Pistole weg.

MARÍA
(ernst)
Das würdest du tun?

Sie gibt ihm demonstrativ die Pumpgun. José ist
überrascht, ertappt, verwirrt. Derweil schneidet María
Dave die Fesseln durch und hilft ihm auf die Beine.

JOSÉ
Wer bist du wirklich? Dave, sag mir,
wer du bist! Du bist nicht nur der
Lehrer aus Deutschland.

DAVE
José, wegen María kannst du
beruhigt sein. *(Pause)*
Ich hatte zu Hause mal Ärger mit
einem Mafia-Typen, der in seiner
Organisation zu einem ganz hohen
Tier geworden ist. Ich wusste nicht,
dass die Leute eng mit den
Geheimdiensten kooperieren. Ich

dachte, hier lassen die mich in
Ruhe.
(Pause)
So war das.

> ### JOSÉ
> Wieso wusstest du nicht, dass die
> US-Geheimdienste hier mit Leuten
> aus dem Militär und den Contras
> zusammenarbeiten? Die sind doch
> in ganz Südamerika, das sehen sie
> als ihr Hinterland.

> ### MARÍA
> Er hat recht. Ein Geschichtslehrer
> sollte sowas wissen.

In dem Moment kommt ein Auto vor dem Haus
angefahren. María schaut aus dem Fenster.

> ### MARÍA
> Das ist Gonzáles. Ich kenne sein
> Auto.

Eine Autotüre schlägt zu. Schritte. Sr. GONZÁLES tritt
ein. José hält immer noch die Pumpgun, die er von
María bekommen hat, in der Hand, kann sie aber nicht
mehr rechtzeitig weglegen, sodass Gonzáles sie sieht.

> ### SR. GONZÁLES
> Dave! Was ist hier los? Und wieso
> die Waffe?

> ### MARÍA
> *(Lacht)* Darf ich vorstellen? Zu
> meiner Rechten - Herr Reinwald!

Dave spielt mit, zieht mit der rechten Hand symbolisch
einen virtuellen Hut und verneigt sich.

> ### DAVE

David Reinwald, Lehrer an Ihrer
Schule.

                    MARÍA
Und zu meiner Linken, das ist José,
von Beruf Lehrer und Taxifahrer.
Auch an unserer Schule.

                    SR. GONZÁLES
OK, OK.
Und wieso die Pumpgun.

                    MARÍA
Sie waren nicht da und die Türe
stand offen, da dachten wir...

                    SR. GONZÁLES
*(Schaut sie skeptisch an, lacht
dann:)*
Du hast schon besser gelogen. -
Und sie will Psychologin sein!

(Dave – im Bild, jetzt ernst)

                    DAVE
Mal ehrlich, wir sind auf der Flucht,
hatten Ärger mit
Geheimdienstleuten. María hat sie
hochgehen lassen.

Dave macht eine Handbewegung, die eine Explosion
andeutet, schaut dabei aber ernst.

                    SR. GONZÁLES
In der Schule erzählt man, ihr Drei
seid entführt worden. Und dann
treffe ich euch hier.

                    MARÍA
Wir wollen dich da nicht reinziehen.

Maria geht zu einem CD-Spieler, der auf einem kleinen Ecktisch steht und legt eine CD auf: „Volver" von Carlos Gardel.

MARÍA
José, das wirst du kennen!

Sie greift sich den überraschten José und tanzt mit ihm dazu den Tango. Sie führt ihn, bis er sich allmählich in den südamerikanischen Tanz einfindet und erleichtert/ energisch mitmacht. Es ist, als würde ein Schalter bei ihm umgelegt.

Dann: Maria zu Sr. Gonzales:

MARÍA
Was wirst du sagen, wenn einer von
der Farc oder einer von uns hier
auftaucht.

SR. GONZÁLES
Ihr wart nie da! Hab euch nicht
gesehen.

JOSÉ
Nur ich. OK? Ich habe die beiden
gesucht, hier nicht angetroffen und
bin dann weiter nach Cartagena,
weil ich weiß, dass María dort
Freunde hat.

SR. GONZÁLES
Meinetwegen.

JOSÉ
Du kennst Jorge?

SR. GONZÁLES
Den Chef von deiner Gruppe? Der
MCP? Klar. Er hat mit mir Kontakt

aufgenommen, will mit uns
zusammenarbeiten.

JOSÉ
Ich bring die beiden nach Cúcuta an
die Grenze. In Kolumbien sind sie
nicht mehr sicher. Du bleibst bei
Cartagena, wenn dich jemand fragt.

SR. GONZÁLES
Musst du mir nicht zweimal sagen.

Sr. Gonzáles nickt, umarmt die Drei der Reihe nach. Sie
gehen raus. Er schaut ihnen nach, überlegt. Dann redet
er zu sich:

SR. GONZÁLES
Viel Glück, ihr Drei!

Draußen hört man zwei Autos anfahren und sich
entfernen.

4   **AUßEN. FAHRENDES AUTO - TAG**   4

Die zwei Autos fahren durch die Pampa. Die alte
Rostlaube mit Dave und María - und der kleine PKW mit
José.

5   **INNEN. FAHRENDES AUTO (ROSTLAUBE) - TAG**   5

María fährt, Dave sitzt auf dem Beifahrersitz.

MARÍA
Dave, was war in Deutschland. Und
wer bist du? Warst du wirklich so
harmlos?

DAVE
Irgendwie ja, irgendwie nein.

MARÍA

Also nein.

DAVE

Das, was bei uns an der Schule
läuft, das gibt es in Europa überall.
Sobald die jemand freigeben, wird er
gejagt. Ist doch klar, dass du da
lieber mitmachst, als andauernd nur
Opfer zu sein.

MARÍA

Du hast also mitgemacht? Erzähl!

DAVE

Wenn du mitmachst, bist du sicher.
Dir passiert nichts. Klar, du fängst
erst mal ganz unten an. Quasi auf
Bewährung.
(Pause)
Da geht es um sowas wie
Straßentheater. Wir nennen das halt
so: Leute mobben, erschrecken,
zeigen, dass sie verfolgt werden.
Also mit dem Handy deutlich
sichtbar Meldung machen, wenn sie
aufkreuzen. Die werden
durchgehend überwacht - und man
weiß immer, wo die sind, wann die
kommen usw. Aber: Du wirst selbst
auch überwacht.

Maria schaut skeptisch.

DAVE

Jeder will doch irgendwo
dazugehören.
(Pause)
Für Einbrüche hatten wir spezielle
Leute, die jedes Schloss knacken
können. Leute aus

Schlüsseldiensten oder welche, die schon mal im Knast waren. Jeder Schlüsseldienst bestellt seine Schlösser im Netz - und damit bei uns. Wir haben im Voraus den Code - und können eine Kopie anfertigen.
(Pause)
Die dürfen aber nichts klauen. Wir schützen ja Eigentum. Fällt manchen sehr schwer.
(Pause)
Wir resozialisieren die sozusagen. Das bessert die Statistiken der Polizei!

MARÍA
Und da hast du mitgemacht?

DAVE
Nein, ich war eher bei der Internetüberwachung. Wenn die Opfer z.B. was aufgeschrieben haben, dann habe ich mit meiner Gruppe das als Paranoia bloßgestellt. Wir haben dann ganz abstruse Verschwörungstheorien daneben gestellt, sodass die Berichte unglaubwürdig klingen, wenn sie unsere Leute gefährden.

MARÍA
Also Psychofolter? Oder kann man sagen: viele Hunde jagen einen wehrlosen, einzelnen Hasen?

DAVE
Kann man so sagen. Nur haben wir mehr Mittel als Hunde. Und wir lassen den Hasen am Leben.

MARÍA
Um ihn weiterhin quälen zu können.
Dave. Das ist feige! Die ehrenwerte
Gesellschaft ist reich, aber feige! Sie
lassen quälen. Wie ist es **bei euch**
dazu gekommen?

DAVE
Der Mittelstand fühlt sich bedroht,
sucht nach Schutz - aber der Glaube
an den Schutz durch den
Rechtsstaat nimmt ab. Da sind wir in
die Bresche gesprungen.

MARÍA
Dave. Ich verachte feige Menschen.
(Pause)
Sie sind oft grausam. Und Feigheit
lässt sich immer ausnutzen.

DAVE
Die können dich zwingen
mitzumachen. In allen Häusern gibt
es Strom. Darüber können sie dich
immer erreichen, dich sehen mit
winzigen Kameras. Sie können nach
Belieben Magnetfelder erzeugen,
dich mit Mikrowellen quasi grillen.
Die wissen, wo du bist, was du
gerade machst, was für Vorlieben du
hast, welche Freunde, welche
Nachbarn. Und bei Nachbarn finden
sie immer jemanden, der für
irgendein Gerücht empfänglich ist:
Mikrotargeting, wie in moderner
Werbung - oder bei Wahlen.

MARÍA
Wer sind „die"? Du sagst immer
„die", obwohl du auch dabei warst.

(Pause)
Warst du nur Mitläufer?

DAVE
Nein, ich bin dann aufgestiegen.

MARÍA
Wie weit?

DAVE

Mittlere Hierarchie. Dir kann da
nichts mehr passieren - und du
bekommst zinslose Kredite.

Maria ist im Bild.
(Pause)

DAVE
Junge Leute bekommen Autos, die
sie sich so einfach nicht leisten
können.
(Pause)
Aber ganz nach oben kommst du
nicht. Die ganz oben kennt keiner.
Das sind Wirtschaftsbosse oder
Politiker.
(Pause)
Oder Spitzenleute in den
Geheimdiensten oder in
Mafiagruppen, die mit
Geheimdiensten gegen religiösen
oder politischen Terror kooperieren.
(Pause)
Du kannst aber die einfachen Leute
befehligen, also die, die foltern
müssen oder denen sowas Spaß
macht. *(Pause)*
In gewisser Weise sind die sehr
intelligent - auch ohne Schulbildung:

Die streuen Gerüchte und das so
gut, als hätten sie eine Schauspiel-
Ausbildung. Die kommen durch
Fenster im zweiten Stock, sprühen
Reizmittel - oder sie züchten
Bettwanzen. Dann verteilen sie die
u.a. an allzu neugierige Journalisten.
Und sie freuen sich über Aktionen,
deren Wirkung sie durch versteckte
Kameras in der jeweiligen Wohnung
beobachten können.
Scheint ein Riesenspaß zu sein, das
mit der Schlüssellochperspektive.

                    MARÍA
Mein Gott! Dave!

María schaut ihn zunehmend mit einer Mischung aus
Verachtung und Ekel an.

                    DAVE
Im Nachhinein kann ich es auch
nicht fassen. Menschen sind so
leicht manipulierbar. Wie
programmierte Maschinen. Sie
wollen nur funktionieren.

                    MARÍA
War das nicht schon immer so?
(Pause. Sie überlegt)
Na ja. Nicht jeder. Aber wieso Du?

Dave antwortet nicht, runzelt die Stirn.

                    MARÍA
Die werden auch hier die gleichen
Späße aufziehen, wenn das so
attraktiv ist.

                    DAVE

Der Spaßfaktor ist riesig. Und das
System ist attraktiv!
(Pause)
Verachtest du mich jetzt?
(Pause)
Immerhin verstehe ich jetzt, warum
bei uns damals so viele bei den
Nazis mitgemacht oder
weggeschaut haben. All das Wissen
über diese Zeit nützt wohl nichts,
wenn es ernst wird.

MARÍA
Und das wurde dir zuviel - und
deswegen bist du
hierhergekommen. Du dachtest, hier
sind die noch nicht so weit. Dritte
Welt und so.

DAVE
Bei euch fängt es gerade erst an.

MARÍA
Dave! Wie naiv du bist! Bei uns
fangen vielleicht diese
heimtückischen Sachen gerade an,
die sie bei euch austüfteln.
Gewalt und Manipulationen gibt es
hier seit langem. Schon mal was von
der „Violencia" mit knapp 300 000
Toten gehört? Da wurden viele
Kleinbauern von ihrem Land verjagt.
Das ging 1948 los und lief volle 10
Jahre. Deshalb ist doch in den 60ern
die Farc entstanden.

Dave sitzt kleinlaut auf dem Beifahrersitz, während
draußen die Landschaften vorbeiziehen.

MARÍA

Wieso bist du ausgestiegen? Du
sagst, als Mitmacher passiert dir
nichts und du kriegst Kohle ohne
Ende.
(Pause)

María schaut rüber zu Dave.

> MARÍA
> Komm mir jetzt nicht mit Weltfrieden
> und sowas!

Sie kommen an eine Straßensperre. Neue Situation.

6   **AUßEN. STRAßENSPERRE - TAG**   6

Es sind keine Soldaten, sondern offensichtlich
Guerilleros, die sie anhalten. María redet mit den Leuten
von der Fahrerseite aus. Sie erwähnen Namen, darunter
auch „Jorge". Als er erwähnt wird, zieht María erstaunt
die Augenbrauen hoch. Ihr Gesicht wirkt auf einmal
entspannter.
Einer der Guerilleros geht weg, kommt mit einem
schwarzen Laptop-Rucksack zurück. Er übergibt ihn
María.

> MARÍA
> Dave! Schreib mal die Adresse in
> Caracas auf einen Zettel!

> DAVE
> Bist du sicher?

> MARÍA
> Vertrau mir.

Dave schreibt die Adresse auf, gibt den Zettel María, die
gibt ihn weiter nach draußen.

Sie dürfen weiterfahren.

DAVE
Was war das denn?

MARÍA
Später. Erzähl weiter. Wieso bist du
ausgestiegen?

JOSÉ
Ja, wieso?

DAVE
Weil es mich zunehmend
angewidert hat. *(Pause)*
Also das war so: Vor zwei Jahren
war ich mit Armin, meinem Kumpel,
zur Überwachung eingeteilt...

7   **INNEN. RAUM MIT VIELEN MONITOREN - TAG**   7

Dave sitzt mit einigen anderen vor jeweils einem
Monitor. Jeder mit Kopfhörer inklusive Mikrofon. Im
Hintergrund sind einige Jugendliche, die sich lautstark
amüsieren über das, was sie auf ihren Monitoren sehen:
Wechselnde Bilder, welche die Privatsphäre von
Menschen zeigen. Sie drücken auf eine bestimmte Taste
- und eine Person, die auf dem Monitor gezeigt wird,
zuckt zusammen. Folge: allgemeines, hämisches
Gelächter.

Dave zu den Jugendlichen:

DAVE
Haltet mal die Klappe und hört auf,
hier Peepshow zu spielen!

Der Lärm ebbt ab. Dann wendet sich Dave an Armin:

DAVE

Wieso jetzt ein junger Polizist? Ein Idealist? Ein
Beamter?

> ARMIN
> Er ist Drogenbeauftragter und
> erzählt in Schulen Sachen über
> unsere Freunde, die er für sich
> behalten sollte.

> DAVE
> Dann kaufen wir ihn doch! Wir
> haben doch eine eigene Kasse für
> Polizisten.

> ARMIN
> Haben wir versucht. Dreimal. Er
> stellt uns bloß, d.h. unsere Freunde?

> DAVE
> Welche Freunde? Meinst du die
> Drogenmafia oder die Leute von den
> Sportwetten?

> ARMIN
> Das kann uns egal sein. Vergiss
> nicht, beide zahlen bei uns ihre
> Abgaben. *(Pause)*
> Er schaut zu tief rein in diese
> Gruppen und erzählt noch drüber,
> jetzt schauen die zurück.

> DAVE
> Und wir sollen jetzt die Drecksarbeit
> machen?

> ARMIN
> Nicht wir. Du sollst das machen, d.h.
> du und deine Leute.

Fortsetzung der Fahrt von María und Dave.

MARÍA
Und, was ist passiert?

DAVE
Er wurde plötzlich krank. Nach drei
Wochen war er tot.

MARÍA
Und das geht auf dein Konto?

DAVE
Ich habe es nicht aufgehalten. Hätte
ich es nicht meine Leute machen
lassen, wäre eine andere Gruppe
drangekommen. Und wir wären
bestraft worden.
(Pause)
Davor hatten meine Leute nur bei
Sportwetten mitgemischt. Nicht mal
mit Doping.

MARÍA
Wie dann? Bestechung?

DAVE
Auch nicht. Es kommt günstiger,
wenn du die Besten einer
Mannschaft heimlich bestrahlst - mit
Mikrowellen, mitten im Lauf. Da
kann es passieren, dass die
umknicken oder einen
Muskelfaserriss bekommen.
Oder sie atmen etwas ein, das die
Fähigkeit runter setzt, sich zu
konzentrieren.

Man kann dann sagen, sie hatten
einen schlechten Tag.
Gestorben ist bei uns niemand.

MARÍA
Und, fühlst du dich schuldig?

DAVE
Ja. Sicher.

MARÍA
Wenn es stimmt, was du sagst,
finden die dich überall. Die
westlichen Geheimdienste haben
überall Kontakte zur Organisierten
Kriminalität.

DAVE
Und dann?

MARÍA
Ich hätte eine Idee.

DAVE
Die wäre?

MARÍA
Später. Wir sind gleich da.

DAVE
Cúcuta?

MARÍA
Ja. Hier hat sich früher Wichtiges
abgespielt!

DAVE
Meinst du die Sache mit Simon
Bolívar, eurem Befreier, eurem
Helden?

MARÍA

Ja, er hat 1813 die Stadt erobert -
und ist dann weiter nach Caracas
gezogen.

DAVE
(Lacht) So wie wir jetzt?

MARÍA
Mal sehen. *(Pause)*
1821 war hier der Kongress zur
Gründung von Groß-Kolumbien.

DAVE
Hat wohl nicht geklappt.

MARÍA
Zu viele Machos! *(Lacht)*

9   **AUßEN. FAHRENDES AUTO IN CÚCUTA - DÄMMERUNG**   9

Die beiden Autos fahren durch das Stadtzentrum, dann
wieder in einen ärmlichen Teil im Osten der Stadt. Sie
halten vor einem alten Hotel, an dessen Fassade bereits
der Putz abbröckelt.

„Macondo" steht auf einem Schild. *(Der Name des
Hotels ist beliebig)*

Vor dem Eingang sitzt ein alter Mann, ca. 70 Jahre alt,
auf einem Stuhl. Er kaut auf etwas herum, evtl.
Cocablätter.

Die beiden Autos halten. María und Dave steigen aus.
Sie bleiben aber hinter dem Auto stehen. José wartet
noch, kurbelt aber das Autofenster auf, um den alten
Mann anzusprechen. *(Vorsicht?)* Der kommt ihm aber
zuvor.

ALTER MANN
Hombres?!

JOSÉ
Ist Isabel hier?

(Pause)

Der alte Mann redet nicht, zeigt aber mit dem Daumen
der rechten Hand auf das Haus, d.h. auf den
Hoteleingang hinter sich.

DAVE
Der redet kein Wort zuviel. Gehen
wir?

JOSÉ
Immer langsam.

Er steigt auch aus, greift sich aber seinen Revolver und
steckt ihn hinten unter den Hosengürtel. Dann fällt seine
Jacke darüber.

Sie holen jeweils eine Reisetasche aus den Autos und
betreten das Haus.

10   **INNEN. HOTELFLUR - ABEND**   10

Innen sitzt eine alte, dicke Frau hinter einem Tisch
(Schreibtisch mit Monitor), eine Lesebrille auf der Nase.
Sie schaut kurz hoch, wendet sich dann aber wieder
ihrem Monitor zu.

MARÍA
Isabel!

ISABEL
María, du? Du musst entschuldigen:
Ich sehe schlecht - und um diese
Zeit kommt normalerweise niemand
mehr. Was treibt dich hierher?
Musst du mal wieder untertauchen?

MARÍA

Muss Kolumbien für eine Zeit
verlassen. Wir brauchen zwei
Zimmer.

ISABEL

Ist José dabei?

JOSÉ

Hier.

Er gibt ihr die Hand. Sie tätschelt sie, was darauf
verweist, dass sie ihn gut kennt.

ISABEL

Die Geschäfte gehen schlecht.

MARÍA

Ihr steht ja auch in keinem
Reiseführer.

ISABEL

Die aus Venezuela haben kein Geld
mehr. Sie verkaufen ihr
subventioniertes Benzin - und
verschwinden wieder. Und Touristen
bleiben hier nicht hängen. Die gehen
in die großen Hotels. Und wenn sie
rüber wollen, fahren sie gleich weiter
nach Maracaibo, ans Meer. Es geht
das Gerücht, hier sei es zu unsicher.

MARÍA

Ist ja wohl so. Wir bleiben auch nur
eine Nacht.

Isabel steht auf, hängt zwei Schlüssel von den Haken,
die man hinter ihr sieht, und gibt sie María. Die gibt
einen weiter an Dave, der etwas enttäuscht schaut.

Die drei gehen nach oben, María dreht sich nochmal um.

MARÍA

Wenn jemand fragt: Wir sind schon
rüber über die Grenze.

ISABEL
María, mein Mädchen, kannst dir
Zeit lassen. Jorge hat dir verziehen,
als er vom Tod der Amerikanerin
erfahren hat.

MARÍA
Ich weiß. Sonst hätten wir es wohl
nicht bis zu dir geschafft.

María geht mit den anderen weiter die Treppe hoch,
spricht oben nochmal mit Dave:

MARÍA
Dave, wir treffen uns in einer Stunde
vor dem Hotel. Wir brauchen
Passbilder und Geld. Hast du eine
Kreditkarte?

Dave greift sich in die Hemdtasche.

DAVE
Ja, ich hab aber auch noch 200.-
Dollar cash.

MARÍA
Das sollte reichen.

María geht mit José in ein Zimmer, Dave in das andere.

11   **AUßEN. VOR DEM HOTEL - NACHT**   11

Dave steht vor dem Hotel - im Lichtkegel einer Laterne.
Auf der gegenüberliegenden Straßenseite sieht er einen
schwarzen SUV mit verdunkelten Scheiben stehen. Er
schaut skeptisch rüber, dann auf die Uhr. Er geht wieder
zurück ins Hotel.

| 12 | **INNEN. HOTELFLUR - NACHT** | 12 |

Dave steht vor der Türe des Zimmers von María und
José. Er klopft an.

Von innen:

> MARÍA
> Dave? Bist du's?

> DAVE
> Ja, warum kommt ihr nicht?

> MARÍA
> Es ist was dazwischengekommen.
> José klärt das gerade.

| 13 | **INNEN. MARIAS ZIMMER - NACHT** | 13 |

María öffnet die Türe, lässt Dave eintreten. Im Zimmer
ist kein Licht an, nur das Licht der Straßenlaterne vor
dem Haus erhellt das Zimmer.

> DAVE
> Ist es wegen des schwarzen SUVs
> von gegenüber?

> MARÍA
> Ja, ein Mietwagen aus Bogotá. Das
> muss noch nichts heißen, aber in
> der Gegend hier hat niemand so ein
> teures Teil.

> DAVE
> An wen denkst du?

> MARÍA
> Vermutlich die AUC.

> DAVE
> Wer ist das?

MARÍA
Die nennen sich Autodefensas
Unidas de Colombia. Sie
übernehmen hier überall den
Kokainhandel. Und sie arbeiten mit
der italienischen 'Ndrangheta
zusammen, die den Drogenhandel
nach Europa kontrolliert. Die kennst
du doch.

DAVE
Hab davon gehört. Hattet ihr auch
mit denen zu tun?

MARÍA
Nein. Nur die Leute in schicken
Anzügen, die sich von uns bedroht
fühlten. Deren Handel geht über
Spanien nach Italien - und ihre
Gewinne legen sie bei euch in
Deutschland an. Bei euch kann
sogar ein Kellner, der nur 1000.- €
im Monat verdient, ein Hotel kaufen,
ohne dass jemand nachfragt.

DAVE
Woher weißt du das alles?

MARIA
Weiß hier jeder. Ihr wollt es wohl
nicht wissen. Klar, sind ja
Investitionen.

DAVE
Und jetzt? Was tun, wenn wir auch
die Mafia an den Fersen haben?

MARÍA
José kennt hier einen
Benzinschmuggler aus Venezuela.
Der nimmt uns auf dem Rückweg

mit über die Grenze.
Die Autos lassen wir hier. Unsere
Leute holen die später ab.
Pack deine Sachen. Wir haben
wenig Zeit.

14   **AUßEN. SCHWARZER SUV - NACHT**   14

Das Beifahrerfenster des schwarzen SUV öffnet sich
einen Spalt. Man erkennt ein Fernglas.

15   **INNEN. MARIAS ZIMMER - NACHT**   15

María schaut aus dem Fenster des dunklen Raums auf
den SUV. Dave kommt mit einer Tasche zurück und sie
verlassen den Raum. María trägt ebenfalls eine Tasche.

Sie verlassen das Hotel durch Küche und Lagerraum in
einen Innenhof, der einen Ausgang zu einer kleinen,
dunklen Nebenstraße hat.
Dort steht ein alter VW-Bus, davor José, der winkt.
Sie steigen ein und der Bus fährt davon.

*(Eventuell könnte jetzt eine Szene eingefügt werden, in
der mehrere dunkle Typen aus dem schwarzen SUV
aussteigen und auf das Hotel zulaufen...)*

16   **INNEN. VW-BUS - NACHT**   16

Sie sitzen auf in Plastik eingeschweißte Kisten, über die
oben Decken gelegt sind.

                    DAVE
            (ängstlich)
            Hier stinkt es nach Benzin.

                    JOSÉ
            Die sind leer.

Er deutet auf mehrere große Kanister.

JOSÉ
Die schmuggeln das rüber zu uns
nach Kolumbien. In Venezuela ist
Benzin subventioniert und viel
billiger als hier.

DAVE
Und was nehmen die mit nach
Hause?

JOSÉ
Dave!

José bedeutet Dave mit einer Geste auf den Fahrer,
nicht weiter zu fragen. María mischt sich ein.

MARÍA
Dave, wir haben keine Zeit für neue
Pässe. Wir nehmen die von
Reynolds. Wenn die uns gefolgt
sind, dann müssen wir schnell über
die Grenze. (Pause)

María deutet auf den Fahrer.

MARÍA
Der Typ gehört zu Leuten, mit denen
wir früher zusammengearbeitet
haben; er fährt uns bis nach
Caracas.

DAVE
Also doch nach Caracas - wie
Bolivar - (kleine Pause)
mit den Pässen von Reynolds?

JOSÉ
Reynolds und Rick gelten nur als
vermisst. Das haben wir aus dem

Polizeifunk erfahren. Man hat sie
noch nicht gefunden - oder vielleicht
noch gar nicht gesucht.

MARÍA

In Caracas sind die Leute von
Reynolds nicht gut aufgestellt. Wir
könnten Glück haben - und
rauskriegen, was die vorhaben.
(Pause)
Dave, deine 200.-Dollar!

Dave kramt in seiner Tasche und gibt María die 200
Dollar. María zählt nach, steckt dann die Scheine in
einen Umschlag - und gibt ihn dem Fahrer, der die
ganze Zeit über stumm bleibt.

MARÍA

„Vámonos!"

Sie kommen an einen Grenzübergang. Der Fahrer gibt
dem Grenzposten seinen Pass und den Umschlag. Der
schaut nur kurz in den Umschlag, sieht die Dollars - und
winkt den VW-Bus durch.
Sie fahren weiter in Venezuela...

Unterwegs Landschaften im Mondlicht...
Dann biegt der Fahrer auf einmal in eine kleine holprige
Straße, ein besserer Feldweg, ab. Bleibt dann stehen,
schaltet Motor und die Beleuchtung aus.
Auf der großen Straße, die noch in Sichtweite ist, sieht
man Lichter, die näher kommen, dann sind Geräusche
von LKWs zu hören. Sie kommen näher. Es sind
militärische Fahrzeuge. Der Fahrer des VW-Busses
schaut ängstlich nach der großen Straße.

DAVE

Was ist?.

MARÍA
Hier ist überall Militär. Die suchen
nach Drogen, die von Kolumbien
rübergeschafft werden. Seit sie
kaum noch Devisen kriegen, sind sie
hier voll ins Drogengeschäft
eingestiegen. Auch das Militär - und
sogar die Regierung selbst!
(kleine Pause)
Der Fahrer weiß Bescheid. Wir
brauchen keinen Ärger.
(Pause)
Zur Not gibt er einen Teil von seinen
Dollars weiter.
(Pause)
Hast du die Adresskarte und die
Pässe von Reynolds noch.

DAVE
Die Adresse und die Pässe hast du
doch selbst. Die hatte Rick dir
gegeben.
(Pause)

MARÍA
Du trauerst deinem Freund nach,
obwohl du für ihn nur eine Spielfigur
warst?

María kramt in ihrer Tasche und gibt Dave einen der
Pässe, während sie mit dem VW-Bus wieder losfahren
und etwas später auf die große Straße einbiegen.

MARÍA
José? Hast du deinen Pass dabei?

JOSÉ
Hab ich.

MARÍA

Dave, du bist Mitarbeiter von
Halliburton. Mr. Greenwald aus
Texas. Amerikaner mit deutschen
Wurzeln. Ich bin deine
Dolmetscherin. Bin aus Kuba.
Exilkubanerin. José ist auch
Kubaner. Denkt euch ein paar
biographische Sachen aus. Ist noch
Zeit genug.

DAVE
Bist du Kubanerin?

MARÍA
Was dagegen?
(Pause)

DAVE
Willst du wirklich nachschauen, wer
uns dort erwartet? Ich würde die
Pässe lieber nicht benutzen.

MARÍA
Wir haben Leute, die uns helfen. Du
musst wissen, die Farc war bestens
vernetzt mit Hugo Chávez. Und die
Kontakte bestehen auch unter
Maduro weiter.

DAVE
Also dann sind die Leute, die wir
besuchen sollen, westliche Agenten.

MARÍA
Vermutlich aus den USA, - Reste
der DEA, die Chávez eigentlich aus
dem Land gejagt hatte.

DAVE
DEA?

MARÍA
Die US-Drogenbehörde.

JOSÉ
Wir vermuten, dass die Chávez
ausgeschaltet haben. Ein Limsy
Salazar war enger Mitarbeiter von
Chávez. Einige seiner Leute müssen
noch im Land sein. Er hat einmal mit
seiner ganzen Familie Urlaub in
Spanien gemacht - und wurde dann
von der DEA in die USA geflogen.

DAVE
Von der Drogenbehörde?

JOSÉ
Ja, man hatte Chávez vorgeworfen,
den Drogenhandel aus Kolumbien
unterstützt zu haben.

DAVE
Wart ihr darin verwickelt?

MARÍA
Einige von uns, nicht die ganze
Organisation. Wir brauchten Geld.

DAVE
Ich hasse Drogen!

Dave wirft wütende Blicke auf die gepolsterten Kisten,
die sie als Sitzfläche benutzen.

MARÍA
Dave, man darf im Untergrund nicht
so zimperlich sein. Zudem sind wir
aus dem Drogengeschäft
ausgestiegen.

DAVE
Aber es läuft ja weiter.

MARÍA
Hat eher zugenommen, hat aber
nichts mit uns zu tun. Wir sind raus.
Lass uns das Thema wechseln!

DAVE
Was könnte Reynolds mit uns
vorgehabt haben?

MARÍA
Das, was dein Stalkernetzwerk
vorhat, muss mit ihr
zusammenhängen. Die haben etwas
vor, was eine Nummer zu groß für
uns ist.

DAVE
Also brauchen wir Hilfe.

MARÍA
Reynolds hatte Kontakte zu großen
ERP-Firmen.

DAVE
Was heißt ERP?

MARÍA
Enterprise Resource Planing. Das
sind Software-Plattformen, über die
große Betriebe alle ihre Prozesse
abwickeln.

JOSÉ
Sie war früher Mitarbeiterin bei
Oracle - und dein Rick kam von SAP
oder Siemens.
Irgend jemand hat die abgeworben.
(Pause)
Das Ganze geht weit über den
Spaßfaktor hinaus, den du bei
deinen Mitläufern entdeckt hast.

MARÍA
Wer lange genug und erfolgreich
Betriebe gesteuert hat, der will
irgendwann auch Menschen
steuern.

JOSÉ
Auf dem Computer von Rick haben
wir Dateien gefunden, die von
Facebook abgegriffen worden sind.
Die wurden offensichtlich schon
länger angezapft.

MARÍA
(ZU DAVE)
Deine Stalker sind vermutlich nur
Testfiguren, bei denen man
ausprobiert, wie man Menschen mit
passenden Informationen steuert, -
z.B. indem man sie auf beliebige
Leute hetzt. Hast du doch selbst
gemerkt. „Mikro-Targeting". Wird
immer öfter bei Wahlen eingesetzt.
Das spart Geld. Du brauchst nicht
alle zugleich mit irgendwelchen
Ideen berieseln.

DAVE
So etwas Ähnliches hatte ich ja
bereits vermutet.

MARÍA
Aber wie groß ist die Sache? - Und
was steckt dahinter? Das weißt du
noch nicht.

DAVE

(überlegt)
Vielleicht: Make America great
again?

(Pause)
Die USA waren groß, als der Rest
der Welt am Boden lag. Die
Konkurrenz war weg oder noch nicht
da. Könnte das dahinter stecken?

MARÍA
Könnte sein. Die finanzieren überall
Oppositionsgruppen, „Facebook-
Revolutionen" oder angeblich
demokratische NGOs wie in der
Ukraine, wo Milliarden Dollar
hingeflossen sind.
Dann gibt es zufällig Bürgerkriege
oder Kriege. Und Leute, die an die
Macht kommen, brauchen wieder
Waffen - oder sollen nur mit den
USA Geschäfte machen. So hatten
sie es jedenfalls mal im Irak vor.

JOSÉ
Und überall gibt's dann Menschen,
die ihre eigenen moralischen
Standards verlassen, Geld
annehmen und schräge Dinge
drehen - und die hat man - so wie
deine Mitläufer - im Sack.

DAVE
Also Menschen steuern, nicht nur
überwachen. Vielleicht war es dann
falsch, Reynolds in die Luft zu jagen.
Über sie hätten wir einiges
rauskriegen können.

María hebt den schwarzen Rucksack hoch, den sie an
der Straßensperre bekommen hat.

MARÍA

Das haben wir eventuell schon. Da
drin ist ihr Laptop, den unsere Leute
in ihrem Hotel gefunden haben. Nur
leider alles verschlüsselt.

DAVE
Also brauchen wir Spezialisten.

MARÍA
Die kriegen wir aber nicht in
Venezuela.

DAVE
Und dann?

MARÍA
Warte ab.

Sie stellt den Rucksack wieder ab.

MARÍA
Ich kenne Leute, die ganz bestimmt
scharf auf den Inhalt des Laptops
sind.

Abblende...

Aufblende...

17   **AUßEN. STRAßENGEWIRR CARACAS - NACHT**   17

Der VW-Bus fährt durch die Stadt, biegt irgendwann in
die „Panamericana" ein und fährt dort entlang wieder in
Richtung Stadtrand.

Der Fahrer schaut auf das Adresskärtchen und biegt
kurz darauf ab. Es erscheint ein Hinweisschild: HOTEL
COLONIAL.

DAVE

Seltsamer Name für ein Hotel in
einem sozialistischen Land.

MARÍA
Sieht nicht so aus, als wäre das
Hotel aus der Kolonialzeit. Etwas
runtergekommen. Aber immerhin
schön abgelegen in der Natur. - Und
man ist schnell in der Stadt.

Eine fette Ratte läuft ihnen kurz vor dem Flachbau des
Hotels über den Weg.

DAVE
Schau mal, ein Haustier! Groß wie
'ne Katze!

JOSÉ
Wir setzen euch hier ab. Ich
übernachte bei unseren Freunden.
Die erwarten hier ja nur euch beide.
(Pause)

MARÍA
Nimmst du die Wohnung nahe der
„Simon Bolivar"?

JOSÉ
Ja, nahe der Universität. Wir treffen
uns morgen im Park gleich daneben,
wenn bei euch alles glatt geht.

Es stehen nur zwei Autos auf dem Parkplatz. Ein alter
Jeep und ein schwarzer SUV, eine US-Marke.

Sie steigen aus.

AUßEN. VOR DEM HOTEL - NACHT

Der Fahrer steigt gleich wieder ein. Er schaut durch das offene Fenster der Fahrertüre nach draußen. José, Dave und María stehen beieinander und beratschlagen.

> MARÍA
> Vielleicht wartet ihr vor dem Hoteltor noch eine Weile, bis wir euch ein Zeichen geben, dass alles klar geht. - Den Laptop von Reynolds, den nehmt ihr mit zu unserem Treffpunkt.

> JOSÉ
> Du hast meine Nummer. Gib Bescheid, wenn das eine Falle ist. Wir warten.

> MARÍA
> OK, Dave. Die Reisetaschen!

> DAVE
> Also dann.

Dave holt zwei Reisetaschen aus dem Bus und gibt eine davon María.

> JOSÉ
> Viel Glück.

Dave und María gehen in Richtung Eingang, während der Bus wendet und aus dem Parkplatz fährt.

Dave und María treten ein. Die Türe ist offen.

19   **INNEN. HOTELFLUR/ BELEUCHTET - NACHT**   19

Sie erreichen die Rezeption. Dort steht ein ca. **70-jähriger Mann** (Bart, graue Haare) hinter dem Tresen, der sie mit kritischen Blick empfängt.

ALTER MANN
So spät noch Gäste. Wie seid ihr
hierhergekommen?

MARÍA
Ein Typ mit einem VW-Bus, der an
der Grenze war, hat uns
mitgenommen.

ALTER MANN
Benzinschmuggler?

MARÍA
Kann sein. - Wir brauchen zwei
Zimmer für eine Nacht.

ALTER MANN
Pässe?

María gibt ihm die beiden Pässe, die sie aus ihrer
Reisetasche geholt hat.

ALTER MANN
Ihr habt Glück, dass zurzeit so
wenig los ist.

Er schaut sich die Pässe an, schaut erstaunt, aber
plötzlich freundlich wieder hoch.

ALTER MANN
Frau Reynolds hat euch geschickt?
Herr Greenwald aus Texas und
seine kubanische Begleiterin.

María nickt.

ALTER MANN
Ihr werdet erwartet. Da war jemand
da, der euch morgen in der Frühe
hier treffen will.

Er nimmt die Pässe und steckt sie in eines der kleinen
Regalfächer hinter sich. Dann ruft er nach einem Carlos.

> ALTER MANN
> Carlos! Hilf doch den Beiden in ihr
> Zimmer.

> MARÍA
> Schon gut. Wir schaffen das auch
> alleine. Geben Sie uns nur die
> Schlüssel.

Ein kräftiger junger Mann kommt dazu. Der alte Mann
gibt ihm die Schlüssel.

> CARLOS
> Folgen Sie mir.

Er geht voraus, María und Dave folgen ihm.

Unterwegs:

> CARLOS
> Wie geht es Ms. Reynolds? Sie war
> lange nicht mehr hier.

> DAVE
> Ganz OK, da wo sie jetzt ist.

> CARLOS
> Hier eure Zimmer. Um 8 gibt es
> Frühstück. Die anderen kommen um
> 8 Uhr 30.

> MARÍA
> Weck uns um 7, Carlos.

> CARLOS
> In Ordnung.

Er öffnet die Zimmer der Reihe nach. Sie verabschieden
sich von Carlos und betreten ihre Zimmer.

María schließt die Türe von innen.

INNEN. HOTELZIMMER - NACHT

María stellt die Reisetasche ab, nimmt das Handy raus
und ruft José an.

MARÍA
José - alles OK soweit, wir sind in
unseren Zimmern und treffen unser
Empfangskomitee morgen früh 8.30.
Wir sollten den Plan ändern: Wäre
gut, wenn du morgen mit unseren
Freunden in der Nähe bist.

María verabschiedet sich von José. Sie sieht, dass zu
dem Zimmer nebenan, in dem Dave ist, eine Türe führt.
Sie probiert aus, ob sie verschlossen ist. Sie ist
verschlossen.

María klopft 3 mal an die Türe.

Von der anderen Seite meldet sich Dave.

DAVE
María? Alles in Ordnung?

MARÍA
Ja. Habe José Bescheid gegeben.
Er ist morgen früh mit unseren
Leuten hier. Ist besser so.

María schließt die Türe ab, legt einen Alarmkeil unter die
Zimmertüre und schaltet das Licht aus.

21   INNEN. HOTELFLUR - TAG   **21**

Carlos klopft an die Türe von Dave und María.

> CARLOS
> Es ist sieben. Eure Freunde
> kommen bereits um 8. Frühstück ist
> schon bereit.

22   INNEN. HOTELZIMMER (MARÍA) - TAG   **22**

María räkelt sich im Bett, ist noch verschlafen.

> MARÍA
> Danke Carlos!
> *(Pause)*
> Dave!

Dave von nebenan.

> DAVE
> Hab's gehört.

Dave steht auf, geht ans Fenster und schaut raus.

Die Kamera übernimmt seinen Blick. Man sieht jetzt einen alten amerikanischen Straßenkreuzer, der neu dazugekommen ist.

> DAVE
> Da ist noch ein Gast gekommen.

> MARÍA
> *(von nebenan)*
> Sie kommen früher. Beeilen wir uns.
> Ich pack schon mal. Solltest du auch
> tun.

Carlos kommt mit einer großen Kanne Kaffee aus einer
Schwingtüre in die Kantine und geht an den Tisch, an
dem jetzt Dave und María sitzen. Die Kamera folgt ihm
in einem Schwenk bis an den Tisch. Auf dem Tisch steht
bereits das Frühstück: Brötchen, Butter etc.
Umschnitt auf Großaufnahmen beim Dialog.

> DAVE
> Carlos, wo treffen wir uns mit den
> anderen?

> CARLOS
> Bleibt einfach sitzen. Sie kommen
> zum zweiten Frühstück hierher zu
> euch.

Carlos verlässt die beiden wieder. Die Kamera schwenkt
mit, bis zu einem Mann, der etwas weiter hinten im
Raum alleine an einem Tisch sitzt. Er frühstückt, schaut
aber ab und zu auf eine Zeitung, die er rechts vor sich
liegen hat. In einer anderen Ecke im Raum hängt ein TV,
in dem irgendwelche politischen Reden gezeigt werden.
Umschnitt auf außen:

Zwei große schwarze SUVs fahren in den Hof und
parken vor dem Flachbau des Hotels. Aus jedem der
beiden Autos steigen 3 Männer aus. *(In den Autos sieht
man noch Bewegungen, die auf zusätzliche Leute
schließen lassen.)* Eine der Gruppen in Anzügen. Die
andere ganz locker in Jeans und T-Shirts. Letztere geht
hinter das Haus (oder an einen Seiteneingang), die in
Anzügen gehen auf den Hoteleingang zu. Einer zieht
einen Trolley hinter sich her.

Dave und María sitzen an ihrem Tisch und schauen auf.
Der Mann am hinteren Tisch legt die Zeitung weg.
(Spannung)

Carlos, der im Hintergrund zu sehen ist, verlässt eilig
den Raum. Der Mann im Hintergrund zieht sich in eine
nicht ausgeleuchtete Ecke des Raumes zurück. María
hat das gesehen, sagt aber nichts.

> DAVE
> Da kommt wohl die Hausband.

> MARÍA
> Sieht ganz so aus. Ich hoffe, José
> hat mitgekriegt, dass die früher
> aufkreuzen.

Umschnitt auf die Türe. Die drei Anzugträger treten ein.
Einer etwas kleiner als die anderen, aber offensichtlich
der Boss. Er spricht Dave und María an, nachdem er an
den Tisch getreten ist. Er macht einen sanften, fast
weichlichen Eindruck.

> PHIL
> Gestatten? Ihr neuer Freund - Phil.
> Dürfte ich mich zu ihnen setzen?

> MARÍA
> Normalerweise kenne ich meine
> Freunde. Aber bitte, setzen Sie sich!

> DAVE
> Und wer sind Sie?

> PHIL
> Wie gesagt, ich bin Phil. Das soll
> vorerst genügen.

> MARÍA

Und was führt Sie zu uns?

PHIL
Nun, ich möchte Ihnen einen Deal
vorschlagen.

MARÍA
Der wäre?

PHIL
Sie geben uns den Laptop von Frau
Reynolds.

MARÍA
Wer ist diese Frau Reynolds - Und:
Wie kommen Sie drauf, dass wir
deren Laptop haben?

PHIL
Ich will nicht lange drum herum
reden. Der Laptop hatte einen
Funkchip, der bis gestern Abend
gesendet hat. Unsere Satelliten
haben gemeldet, dass dieser Chip
sich zusammen mit einem kleinen
Bus bewegt hat. Und in dem Bus -
da wart ihr drin.

MARÍA
Und der Deal?

PHIL
Ihr gebt uns den Laptop - und wir
lassen euch am Leben.

María bleibt cool, während Phil zur Verstärkung seines
Wunsches eine Pistole vor sich auf den Tisch legt. - Sie
dreht sich zu Dave und bittet ihn in einem übertrieben
höflichen Ton:

MARÍA

Dave - hol das Ding. Wir konnten
damit eh nichts anfangen.

DAVE
Wenn man mich so höflich bittet,
dann mach ich das.

PHIL
Meine beiden Freunde werden
deinem Freund beim Tragen helfen.

DAVE
Ist nicht sehr schwer.

PHIL
Trotzdem.

Die beiden Gorillas entnehmen dem Trolley eine MP und
einen Revolver und bedeuten Dave voranzugehen. Ihre
Anzüge scheinen etwas eng und spannen am Körper,
wenn sie sich bewegen. Das lässt darauf schließen,
dass sie sehr muskulös sind.

Dave verlässt mit den beiden Gorillas die Hotelkantine in
Richtung Zimmer.
María spielt an ihrem Handy und drückt wie nebenbei
einen Knopf.

PHIL
Frau Reynolds war verschwunden,
hatte sich nicht mehr bei uns
gemeldet.
(Pause)
Sie hat den Laptop doch nicht
einfach so verschenkt? Wie geht's
ihr denn? Ist sie entführt worden?

MARÍA
Keine Ahnung. Wir haben den
Laptop auf einem Schwarzmarkt

gekauft. Vielleicht hat ihn jemand gestohlen.

PHIL
Na, na. Keine Storys!
Seid ihr die beiden Figuren, die sie
für uns angeworben hat?

MARÍA
Wenn Sie's schon wissen...

In dem Moment kommt Dave wieder zurück. Hinter ihm die beiden bewaffneten Gorillas.

DAVE
Der Laptop ist nicht mehr in meiner
Tasche.

PHIL
Wenn ihr die seid, die Reynolds
empfohlen hat, dann kooperiert doch
einfach. Wo ist der Laptop? Und wo
ist Reynolds?
Ihren Laptop hätte sie nie so einfach
weggegeben.

Er nimmt seine Pistole in die Hand.

DAVE
Muss ja sehr wichtig sein, wenn ihr
so ein Theater drum macht. Jemand
muss ihn uns unterwegs oder hier
im Hotel gestohlen haben.

PHIL
Wir werden hier alles auf den Kopf
stellen. Letzte Gelegenheit für einen
Deal.

In dem Moment hört man das Knattern eines alten VW-Busses. Er hält vor dem Hotel. Mehrere Schüsse fallen. María greift sich in demselben Moment, als José hereinstürmt, mit einem raschen Griff die Pistole von dem überraschten Phil. Sie warnt José.

> MARÍA
> Halt, José, da sind noch andere!
> Pass auf!

José übersieht die beiden Gorillas, er wird von einer Kugel getroffen, schießt aber daraufhin einen der Gorillas nieder. Der andere wird von dem Mann im Hintergrund getroffen, der zuvor schon alleine an einem der Tische gesessen hatte. Der Getroffene ist noch am Leben, windet sich am Boden.

Währenddessen: Lastwagengeräusche, Dieselmotoren. Laute Befehle werden gegeben. Schüsse im Hof.

> MARÍA
> José, was ist?

> JOSÉ
> Nur ein Streifschuss! Keine Bange!
> Hab mir 'ne Schutzweste
> ausgeliehen.

> MARÍA
> Dürften wir den Deal jetzt etwas
> anders formulieren: Sie sagen uns,
> wo sie hier in Caracas ihr Quartier
> haben - und wir lassen Sie am
> Leben.

> PHIL
> Dürfte zu spät sein. Hört sich nach
> Militär an.

> MARÍA

Dave! Schnapp ihn dir! Wir nehmen
ihn mit José zusammen im VW-Bus
mit. Die dürfen ihn nicht erwischen.

DAVE
Keine Ahnung, warum du ihn retten
willst. Aber gut, du musst es wissen.

Er schnappt sich Phil, schiebt ihn vor sich her...

26   INNEN. HOTELFLUR - TAG   26

Er schubst ihn den Flur entlang bis in sein Zimmer.

27   INNEN. HOTELKANTINE - TAG   27

Zurück in der Hotelkantine. Man hört keine Schüsse
mehr. Aber es dröhnen noch die Dieselmotoren der
Militärlastwagen. Soldaten stürmen herein. José
erläutert die Lage, deutet auf die zwei am Boden
liegenden Männer, von denen sich einer wieder bewegt.

JOSÉ
Das scheint der Chef der Gruppe zu
sein.

Zwei Soldaten ergreifen ihn und zerren ihn nach
draußen. Andere tragen die Leiche des anderen nach
draußen. Ein Soldat kommt herein, salutiert vor seinem
Vorgesetzten und meldet einen vollen Erfolg. Er muss
angesichts des Motorenlärms laut sprechen. Die Männer
in den Autos hätten sich ergeben, drei andere seien
nach heftiger Gegenwehr erschossen worden. Zwei
Leute aus der Hotelküche seien auch festgenommen.

Der Vorgesetzte gibt eine Anweisung, sieht dann den
Mann im Hintergrund, der wieder ganz entspannt an

seinem Tisch sitzt und Zeitung liest. Der Soldat greift zur Waffe und wendet sich zu José.

SOLDAT
Wer ist der seltsame Mann da hinten?

MARÍA *(GREIFT EIN)*
Er gehört zu uns.

José scheint überrascht. Begreift aber sofort die Situation.

JOSÉ
Er hat mich gerettet. Er hat einen der beiden hier ausgeschaltet, den ich übersehen hatte.

MARÍA
Gut, dass ihr so schnell gekommen seid. Wir müssen die Gefangenen verhören. Sie scheinen sehr wichtig zu sein und haben irgendwo hier in der Stadt ein Versteck.

SOLDAT
Ihr solltet bei dem Verhör dabei sein. Irgendwas wollten die von euch. Das wäre auch für uns interessant.

MARÍA
Klar. Wir treffen uns in einer Stunde bei euch. Ich werde José noch verarzten. Er hat einen Streifschuss abbekommen. Geben Sie mir die Adresse von eurer Kaserne.

Der Motorenlärm nimmt ab, einige Soldaten scheinen bereits abzurücken. Der Soldat (Offizier) schaut María an, scheint sie wiederzuerkennen...

SOLDAT
...
Hola - María, erkennst du mich
nicht?

María schaut ihn genauer an.

MARÍA
Ricardo? Du? Bist du aufgestiegen?

RICARDO
Da staunst du. Also, sagen wir in
einer Stunde - je nach Verkehr.

Ricardo schreibt eine Adresse auf einen Bierdeckel und
gibt diesen María.

RICARDO
Hier! Du warst doch schon zweimal
bei uns. Ich sag' der Pforte
Bescheid, dass ihr kommt. War ja
wohl ein Volltreffer!

Er umarmt María und verabschiedet sich von José, der
in der Nähe steht. José's Blicke wandern zwischen
Ricardo und María hin und her. Ricardo geht aus dem
Raum. Danach LKW- und Autogeräusche. Die Soldaten
ziehen ab.

MARÍA
José, gute Reaktion! Wie bist du an
den Bus gekommen?

JOSÉ
Gemietet - für ein paar Tage. Er
sympathisiert mit uns. Hab ihm noch
etwas Geld gegeben.

José deutet auf den Mann im Hintergrund.

JOSÉ
Du wusstest von ihm?

MARÍA
Ich wollte auf Nummer sicher gehen.
Den hat Jorge geschickt. Haben wir
an der Straßensperre geklärt.

JOSÉ
Jorge? Der wollte, dass ich dich
umlege!

MARÍA
Hat sich wohl nach dem Tod von
Reynolds erledigt.
-
Hole Dave und diesen Phil. Und
nimm meine Tasche mit. Da ist
Verbandszeug drin.

José - verwirrt, aber auch erleichtert - geht, um Dave
und Phil zu holen. Der Mann im Hintergrund, PABLO,
steht auf und tritt näher...

PABLO
Das war knapp! Diesen Phil zu
behalten - alle Achtung, das war
eine gute Idee. So kommen wir an
ihr Nest.

MARÍA
Du kommst von Jorge?

PABLO
Beste Grüße von ihm! Ich bin
übrigens Pablo. Komme aus
Medellin.

MARÍA
Wie läuft's dort?

> PABLO
> Viele trauen dem Frieden noch
> nicht.

> MARÍA
> Ja, Uribe hetzt dagegen. Er hat
> Einfluss auf Duke. Mit Santos hätte
> es vielleicht geklappt.

Dave kommt mit Phil dazu. Phil sieht Pablo.

> PHIL
> Dachte es mir, dass mit dem Typen
> etwas nicht stimmt.

> MARÍA
> Zu spät! *(Pause)*
> Wir müssen los. Bevor wir Ricardo
> treffen, müssen wir dich bei uns
> abliefern. Pablo weiß sicher, wohin
> wir gehen. Pablo, zeig José den
> Weg.

Dave und María schieben Phil vor sich her. Maria nimmt
sich die Pässe aus dem Regal am Eingang. Alle
verlassen das Hotel.

28 **AUßEN. VW-BUS - TAG**   28

José steigt auf der Fahrerseite ein, daneben Pablo, der
ihm den Weg zeigen soll. Hinten: Dave, Phil, María und
noch ein bewaffneter Mann.

29 **INNEN. VW-BUS - TAG**   29

Sie fahren durch die Stadt. Pablo dirigiert José in eine
Seitenstraße. Dort biegen sie ab in einen Hinterhof. Sie
steigen aus.

Alle stehen im Hinterhof. Phil wird von María geführt.
Pablo klopft an eine Türe: Dreimal kurz, dreimal lang,
d.h. mit Pausen dazwischen. Von innen ruft eine Person:

> EIN GUERILLERO
> Pablo, bist du's? - José?

> PABLO
> Alles klar. Wir haben einen erwischt.
> María ist auch dabei.

Die Türe geht auf. María übergibt Phil an Pablo.

> PHIL
> Was ist mit Frau Reynolds und
> ihrem deutschen Freund passiert?
> Sie hatten euch doch mal vertraut.
> Das macht die Reynolds doch nicht
> mal einfach so.

> MARÍA
> Sie wollten den Friedensprozess bei
> uns unterstützen. Das ist nicht
> ungefährlich. Vermutlich haben eure
> Contras sie erwischt.

> PHIL
> Es sind nicht unsere Leute, diese
> Contras. Reynolds und ich, wir sind
> von der DEA und für den
> Friedensprozess bei euch, und um
> den Drogenhandel zu bekämpfen.
> Einige der Contras sind da voll ins
> Geschäft eingestiegen, seit ihr euch
> zurückgezogen habt. Das ist eine
> Mafia geworden, weil das große
> Geld lockt. Leider haben die bei uns
> das noch nicht kapiert.

María schaut erstaunt. Sie überlegt...

MARÍA
Vielleicht können wir ja doch noch
zusammenarbeiten. Wer weiß.

PHIL
Was habt ihr vor?

María gibt Pablo einen Wink. Der redet mit dem
bewaffneten Mann, der auch im Bus war. Daraufhin führt
dieser Phil ins Haus. Keiner redet, bis Phil
verschwunden ist.

MARÍA
Wir müssen erst mal zu Ricardo und
seinen Leuten. Pablo, pass gut auf
ihn auf, wir brauchen ihn noch.
Dave bleibt bei euch.

DAVE
Wieso?

MARÍA
Ricardo hat dich vorhin nicht
gesehen. Er würde fragen, woher du
so plötzlich kommst.

PABLO
Wann kommt ihr zurück?

MARÍA
So gegen Abend. Könnt ihr einen
Flug für zwei Personen nach Kuba
buchen?

PABLO
Müsste klappen. Aber kann das
nicht besser dein Ricardo?

MARÍA
Kann sein.

PABLO
Ist es wegen des Laptops?

MARÍA
Ja, wir brauchen Leute, die das
Zeug entschlüsseln können.

PABLO
Bin nicht sicher, ob das in Kuba
geht. Da müsst ihr wohl etwas weiter
fliegen.

MARÍA
Werden sehen. Die Leute in
Havanna sind gut! Ich kenne da
einige.

Pablo winkt kurz mit der Hand und geht durch die Türe
ins Haus. Dave folgt, dreht sich aber noch einmal
skeptisch blickend um.

José und María steigen in den VW-Bus und fahren aus
dem Hof.

31   **AUßEN. KONTROLLPOSTEN VOR EINER KASERNE - TAG**   31

Der VW-Bus mit José und María fährt heran. Er wird von
einem Soldaten angehalten, der mit José spricht. Der
Soldat fragt etwas einen Kameraden, der in einem
Wachhaus hinter einem geöffneten Fenster zu sehen ist.
Er greift zum Telefon, spricht kurz und winkt dann dem
ersten Soldaten zu, die beiden könnten passieren. Der
wirft noch einen Blick in den Bus und lässt die beiden
passieren.

32   **INNEN. VERHÖRRAUM/ KUNSTLICHT - TAG**   32

Der verletzte Mann aus dem Hotel Colonial sitzt auf
einem Stuhl. Er sieht etwas ramponiert aus, ist am Kopf

und am Arm verbunden.

Ihm gegenüber am Tisch sitzt Ricardo.

RICARDO
Also du bist nicht der Boss, der ist
im Hotel geblieben. Und das Hotel
ist euer Treffpunkt. Nun gut. Wieso
wolltet ihr euch mit einem Herrn
Greenwald und seiner kubanischen
Sekretärin treffen?

GEFANGENER
Das wusste nur unser Boss, der,
den ihr übersehen habt.

RICARDO
Wir haben also jemanden
übersehen. Und der hat mit dieser
Kubanerin verhandelt.

GEFANGENER
Genau so war das.

RICARDO
Kommen wir zu eurem Stützpunkt
hier in Caracas. Du sagst uns jetzt,
wo genau der liegt. Wir überprüfen
das - und du bist frei, - wenn du für
uns arbeitest.
Na? Ist das ein Angebot?

Es klopft. Ein Soldat tritt ein und meldet:

SOLDAT
Sie sind da. Sie warten nebenan.

Ricardo wendet sich an den Gefangenen.

RICARDO
Überlege es dir. Ein besseres
Angebot bekommst du nicht.

Ricardo steht auf und geht aus dem Zimmer.

33   **INNEN. DUNKLER RAUM IM HINTERHOF - TAG**   33

Neonlicht. Pablo und Dave sitzen Phil am Tisch
gegenüber. Im Hintergrund einige bewaffnete Figuren.

PABLO
Du meinst also, diese Amerikanerin,
diese Reynolds wollte den Resten
der Farc ein Angebot machen.

PHIL
Ja, sie, d.h. wir sind für den
Friedensprozess. Wir vertreten nicht
die offizielle Politik der DEA. Wir
denken langfristig.

PABLO
Und warum auf einmal? Komm mir
jetzt nicht mit dem
Selbstbestimmungsrecht der Völker.
Oder mit Menschenrechten. Die
USA handeln nur nach Interessen.

PHIL
Menschen mit Gewalt zu steuern, ist
auf Dauer unproduktiv. Es kostet
ohne Ende und man produziert nur
Feinde.
Es gibt heute bessere Mittel,
friedliche!
(Pause)
Werdet ihr mich ausliefern?

PABLO
Das hängt von dir ab.

Dave greift erregt in das Gespräch ein.

DAVE

Ich kenne diese friedlichen Mittel aus Europa und von Berichten aus den USA. Unter dem Deckmantel der Demokratie baut ihr eine heimtückische Form der Menschensteuerung auf.

PHIL

So oder so. Die Mehrheit wird immer gesteuert. Ohne Macht, welche die Menschen spüren, kannst du nur Chaos produzieren. Du musst Menschen steuern, damit sie friedlich bleiben. Wir aber lassen ihnen dabei die größtmögliche Freiheit.

PABLO

Beim Konsumieren.

DAVE

Nicht nur! Pablo. Die bieten ihnen auch Leute und Länder an, die sie hassen dürfen. Und sie verwickeln Menschen in Handlungen, die ihrer offiziellen Moral zuwiderlaufen. Das Prinzip der Mafia. Du hast keine Ahnung, wie viel Spaß es einigen macht, wenn sie anderen auf einmal Schmerzen zufügen dürfen: Beim Stalken, beim folgenlosen Foltern von Menschen, die sich nicht wehren können und die sie nicht einmal kennen.

PABLO

Immer langsam, Dave. Wir wollen unseren Gast doch nicht gleich beschimpfen. Aber, Phil, was hast du uns anzubieten? Vielleicht

überschneiden sich einige unserer
Interessen.

PHIL
Genau das hat Reynolds erkannt.
Verdeckter Zwang **nur**, um
Menschen zur Einsicht zu führen. Zu
ihrem Besten!

Pablo bleibt im Gegensatz zu Dave ruhig.

PABLO
Das erinnert mich an die berühmte
„Diktatur des Proletariats" der
Kommunisten. Die war auch nur
gedacht, um zur wahrhaft befreiten
Gesellschaft zu führen. Hatte ich
selbst mal geglaubt.

PHIL
Ja, aber die Basis dieser
Kommunisten waren einfache
Arbeiter, denen man sowas wie eine
neue Religion vorgesetzt hatte, in
der Gott durch die Partei ersetzt
wurde.

Phil steigert sich rein, redet wie ein Sektenanhänger...

PHIL
Wir bauen auf die Gebildeten, auf
die jungen Mittelschichten, die
mitten in einer digitalen Revolution
stehen - und etwas komplett Neues
aufbauen wollen. Und: Wer
mitmacht, der wird geschützt!

PABLO
Werde konkreter! Deine Ideen
interessieren mich weniger als die
Macht, die hinter dir steht - und

natürlich, was ihr hier in
Südamerika, in Kolumbien und
Venezuela wollt.

PHIL
Wir wollen - wie ihr - die alten Eliten
ablösen.

DAVE
Aber die zahlen euch doch.

PHIL
Wir bieten ihnen Sicherheit!
Vorübergehend. Man kann Leute
nicht so einfach überreden, ihren
Reichtum zu teilen.

Phil redet wie ein fanatischer Ideologe.

PHIL
Das geht nicht über Einsicht. Dafür
brauchen wir Leute, die sich
verstellen können, die untertauchen
und die dennoch zu kämpfen
verstehen. All das haben wir bei
euch gesehen.

PABLO
Genauer! Werde endlich konkret!

Phil bleibt in seinem Predigerton gefangen. Er ist von
seiner Sache überzeugt, weniger cool also als es früher
Reynolds war.

PHIL
Wir haben Satelliten, auch solche,
die nicht nur beobachten können.
Und wir haben überall Stützpunkte
in den großen Geheimdiensten.
Ohne die geht heute gar nichts
mehr. Durch den Terrorismus

kriegen die immer mehr Geld!
Und zuletzt: Wir können die Jugend
begeistern, wenn wir ihr ein klares
Ziel und Aktionen vorgeben.
Durchdachter als Al-Kaida - und
technisch auf dem neuesten Stand.

PABLO
Redest du von der Weltherrschaft
oder sowas Ähnliches?

Pablo grinst. Er wirft Dave einen vielsagenden Blick zu,
der zeigt, wie wenig ernst er Phils Rede nimmt.

PHIL
Nenn es, wie du willst. Irgend einer
muss ja mal anfangen mit der
Befriedung der Welt, die keine
Grenzen mehr kennt.

Pablo fällt ihm ins Wort, als er sich gerade wieder
reinsteigert.

PABLO
Grenzen? Egal, wie hoch ihr eure
Mauer zu Mexiko baut. In der
Hinsicht, also mit den Grenzen, da
hast du Recht.
Und welche Rolle sollen wir spielen?

PHIL
Ihr seid Teil des künftigen
Führungspersonals - hier in der
Region. Wir wissen, dass ihr clevere
Leute habt. Sonst hättet ihr euch
nicht so lange halten können.

PABLO
Zeig uns, was ihr hier in Caracas
habt. Das sollte vorerst genügen.

PHIL
Wie weiß ich, dass ihr mich nicht
ausliefert?

PABLO
Auch wir glauben nicht, dass das
System hier sich ewig gegen den
Rest der Welt stellen kann. Wir
sehen, dass die Unzufriedenheit
wächst - gerade bei der Mittelschicht
und den jungen Leuten.
Lass uns gehen! Du zeigst uns
euren Stützpunkt und wir sehen
weiter.

DAVE
Wir sollten auf José und María
warten.

PABLO
Dave, wir wissen nicht, ob die Leute,
die sie aus Phils Truppe haben,
singen.
Nicht wahr, Phil? Wir sollten uns
also beeilen - und daran müsstest
auch du ein Interesse haben. Ich
denke, ihr müsst euer Netzwerk hier
umbauen.

PHIL
Ich sag doch, wir brauchen schlaue
Leute wie euch.

Dave scheint nicht überzeugt, folgt aber Pablo und Phil.
Pablo winkt zwei bewaffneten Männern zu, sie sollen
folgen. Sie verlassen zusammen den Raum.

José und María sitzen Ricardo gegenüber. Ansonsten ist niemand im Raum.

RICARDO
José, kämpfen wir noch für die gleiche Sache? Die Leute, mit denen ihr verhandeln wolltet, die wollen unser Land destabilisieren. Einer unserer Gefangenen meint, der Chef der Gruppe sei noch im Hotel geblieben. Eine Kubanerin soll mit ihm verhandelt haben. Warst du das, María?

MARÍA
Er hat Recht. Wir haben den Chef; wir brauchen ihn aber selbst, um an Daten zu kommen, die auch für euch interessant sind.

RICARDO
Ich dachte, wir arbeiten zusammen.

MARÍA
Machen wir auch. Aber auf unsere Weise. Euer Geheimdienst ist zu unsicher. Er ist nach unseren Informationen möglicherweise unterwandert - wir vertrauen ihm nicht. Hugo Chávez hätte das auch nicht tun sollen.

RICARDO
Was habt ihr vor?

MARÍA
Wir versuchen genau das, was sie bei euch versuchen: Wir unterwandern die. Ein Deutscher

und ich, wir haben das Vertrauen
einer Amerikanerin gewonnen, die
uns weiterempfohlen hat. Eine Frau
Reynolds. Sie war die Chefin eines
überregionalen Netzwerkes, sowas
wie eine westliche High-Tech Al-
Kaida.

RICARDO
Wieso war?

MARÍA
Sie ist bei einem Unfall ums Leben
gekommen.

RICARDO
Warst du dran beteiligt?

MARÍA
Musste ich, sonst hätten mich meine
Leute zum Abschuss freigegeben.
Die hielten mich für eine
Überläuferin.

RICARDO
María, du spielst über mehrere
Ecken. Das kann schief gehen.

MARÍA
Wir haben den Laptop dieser Frau
Reynolds. Da drauf ist aber leider
alles verschlüsselt.

RICARDO
Es gibt bei uns Hacker, die recht gut
sind.

MARÍA
Nicht gut genug. Ich kenne die doch.

RICARDO
Und dann?

MARÍA
In Kuba gibt es Spezialisten, die mit
uns zusammenarbeiten. Die sind
wirklich gut.

RICARDO
Dich zieht's zurück in die Heimat?

MARÍA
Ricardo, du weißt, wo meine Heimat
ist.

José schaut mal zu María, mal zu Ricardo. Er wirkt
eifersüchtig.

JOSÉ
Wie lange kennt ihr euch schon?

María schaut zu Ricardo, in dessen Gesicht ein Anflug
von Lächeln zu sehen ist, dann zu José.

MARÍA
José, wir sind Geschwister. Er ist
mein junger Halbbruder.
Meine Mutter war mit mir alleine, als
mein Vater nach Kolumbien
gegangen ist - und sein Vater war
lange in Kuba stationiert.
Er freundete sich mit meiner Mutter
an, als ich noch ein Kind war.
Ricardo ist das Ergebnis dieser
Freundschaft.
Sein Vater wurde dann
zurückversetzt. Und wir mussten
uns mit der Mutter gemeinsam
durchschlagen.

Josés Miene hellt sich auf.

JOSÉ

Und der Zufall führt euch hier wieder
zusammen.

MARÍA
Nicht ganz. Wir hatten immer den
Kontakt gehalten. Ich habe meinen
kleinen Bruder nie aus den Augen
verloren. Stimmt's Ricardo?

RICARDO
María, kommen wir zur Sache. Wir
brauchen das Versteck dieser
Gruppe, die ihr unterwandern wollt.
Ihr gebt mir das - und ich helfe euch,
nach Kuba zu kommen.

MARÍA
Warte! Ich rufe Pablo an.

Sie holt ihr Handy aus der Tasche und wählt eine
Nummer.

MARÍA
Pablo! Wie läuft es bei euch?

Sie lauscht am Handy, während sie von Ricardo und
José erwartungsvoll beobachtet wird. Sie schaut in
Richtung Ricardo und nickt ihm optimistisch zu.

RICARDO
Und?

MARÍA
Du brauchst ein Ergebnis, das du
vorzeigen kannst für deine Aktion.
Ist mir klar.

María nimmt einen Stift und einen Zettel, schreibt eine
Adresse auf und gibt Ricardo den Zettel.

Ricardo wirft einen Blick drauf.

MARÍA

Der Mann, den wir haben, nennt
sich Phil. Den brauchen wir noch.
Pablo lässt ihn im Glauben, dass wir
mit ihm kooperieren.
Die restliche Truppe könnt ihr
aufsammeln, sobald Pablo mit
diesem Phil verschwunden ist.

RICARDO

María, du weißt, ich stehe selbst
unter Beobachtung. Hier sind alle
etwas nervös. Die Angst vor
Überläufern und feindlichen
Netzwerken ist groß.

MARÍA

Dann kannst du ja jetzt Pluspunkte
sammeln. Schnappe dir diese Leute.
Nur lasse Pablo, Dave und diesen
Phil entwischen.

RICARDO

Dave?

MARÍA

Ja, diesen Deutschen, der mit mir
aus Bogotá entkommen ist.
Eigentlich heißt er David. Ich
brauche ihn noch.

José blickt vorwurfsvoll zu María, Ricardo sieht dies.

RICARDO

Aber keine Risiken wegen ganz
privater Dinge. Klar?

MARÍA

Klar!

RICARDO

Ich gebe euch eine Stunde, dann
schlagen wir zu. Bis dahin müsst ihr
alles geklärt haben.
(Ricardo redet jetzt leiser)
Die Flugtickets könnt ihr an eurem
Stützpunkt bei der Simon-Bolivar
abholen.

MARÍA
(María redet jetzt ebenfalls leise)
Du weißt davon?

Ricardo gibt ihr mimisch ein Zeichen, dass sie nicht
weiter drüber reden soll. María steht auf, greift in ihre
Umhängetasche und gibt Ricardo drei Pässe.

MARÍA
Drei Personen nach Havanna.
Morgen früh?

RICARDO
Ich schicke meine Leute an die
Passkontrolle.

Ricardo nimmt die Pässe entgegen.

JOSÉ
Wieso drei?

MARÍA
Später.

Sie wendet sich an Ricardo.

MARÍA
Pablo gibt dir Bescheid, wenn sie
das Nest gefunden haben.

RICARDO
Wir warten!

José und María verlassen den Raum.

35 AUßEN. STRAßENGEWIRR CARACAS - TAG   35

Pablo, Dave, Phil und zwei bewaffnete junge Männer
fahren durch die Stadt. Phil dirigiert den Fahrer.

Sie biegen ab in eine Tiefgarage. Kurz bevor sie
einfahren, schickt Pablo eine vorbereitete SMS an María
und an Ricardo. Man sieht ein „Send" auf dem Display,
dann einen Daumen, der auf das Display drückt.

36 INNEN. TIEFGARAGE / *KUNSTLICHT* - TAG   36

Sie steigen aus. Phil geht voran. Dahinter Dave und
Pablo. Ihnen folgen die beiden bewaffneten Männer. Phil
erreicht eine grüne Metalltüre, über der eine Lampe
anspringt, als sie sich nähern.

> PHIL
> Haltet ein wenig Abstand, bis ich
> alles geklärt habe. Die beiden Jungs
> dahinten sollten zurückbleiben.

> PABLO
> Wie viele Leute erwarten uns?

> PHIL
> Wir sind hier noch zu dritt, nachdem
> wir die Leute im Hotel verloren
> haben.

Phil drückt einen Knopf an einem Metallpfosten neben
der Türe, der wie eine Schraube aussieht.

Die Türe öffnet sich.

Phil geht voraus und winkt Dave und Pablo zu, ihm zu
folgen. - Die Begleiter ziehen ihre Waffen.

In dem Moment treten zwei Männer aus der Türe hervor und feuern auf die beiden bewaffneten Begleiter. Sie werden getroffen.

> PABLO
> Phil, das war ein Fehler.

Phil ruft den beiden Schützen zu:

> PHIL
> Stoppt das Feuer! Es sind Freunde!

Die beiden ziehen sich mit vorgehaltener Waffe zurück.

> PHIL
> Deine Genossen hätten weg bleiben
> sollen, bis ich die Lage geklärt habe.
> Kommt rein!

> PABLO
> Wie soll ich das unseren Leuten
> erklären? Das erschwert die Lage.
> Und wir dürften nur ein kurzes
> Zeitfenster haben, um hier zu
> verschwinden.

Von draußen hört man Polizeisirenen und den Lärm von LKWs.

> PHIL
> Ich brauche meinen Computer, d.h.
> es reicht die Festplatte.

Sie betreten den Flur und dann einen Raum, an dem mehrere Monitore an den Wänden hängen. Man sieht auf einem der Monitore, wie draußen Polizei und Militär in großer Zahl auffahren. Phil schnappt sich die Festplatte, die sich wie ein Schubfach aus seinem PC ziehen lässt. Er steckt die Festplatte in eine kleine Tasche, die er mitnimmt.

PABLO
Beeilung. Ich denke, sie haben die
Lage eures Verstecks aus den
Gefangenen herausgeprügelt.

DAVE
Wie sollen wir hier rauskommen?
Das Haus dürfte komplett umstellt
sein.

PHIL
Folgt mir!

Sie verlassen den Raum in Richtung Tiefgarage. Dann
laufen sie in Richtung eines Aufzuges. Dort drückt Phil
einen Knopf an der Wand. Die Aufzugstüre öffnet sich.
Sie treten rasch ein.

Drinnen drückt Phil den Notrufknopf. Sofort öffnet sich
die andere Seite des Aufzuges und sie verlassen den
Aufzug in einen schwach erleuchteten Flur hinein. Sie
laufen langsam weiter.

PHIL
Der Ausgang hier ist nirgends
eingezeichnet. Ich hoffe, die haben
nicht großräumig abgeriegelt.

DAVE
Alle Achtung. Ihr seid hier gut
vorbereitet. Wie lange läuft das
schon?

PHIL
Schon sehr lange.

Sie erreichen eine Treppe, die nach oben führt. Sie
steigen hinauf bis zu einer Haustüre. Während Phil
vorsichtig hinaus auf die Straße schaut und abgelenkt
ist, drückt Pablo erneut auf sein Handy.

Dave, Pablo und Phil verlassen ein Haus und gehen auf
die Straße. Von weitem sieht man Polizei, Blaulicht,
Absperrungen, Militär und eine Menge neugieriges Volk.
Josés VW-Bulli steht auf der gegenüberliegenden Seite
der Straße. Er steht daneben. Er sieht Dave und kommt
näher. Dave und Phil sehen zugleich, dass einer von
Phils bewaffneten Männern ihnen in einigem Abstand
gefolgt ist.

> DAVE
> Halt deinen Mann zurück!

Der Verfolger sieht José, hält ihn für eine Bedrohung,
legt an und schießt. José ist getroffen, fällt auf die
Straße. José rafft sich im Liegen noch ein wenig auf,
sieht, dass der Verfolger auf Pablo zielt. Er schießt auf
den Verfolger, der getroffen wird und fällt. Plötzlich wird
José, der gerade aufsteht, aus einem Hinterhalt nochmal
getroffen.
Dave steht wie erstarrt. Pablo reagiert schnell, greift
nach seiner Waffe und erschießt den bereits
angeschossenen Verfolger. Er drängt Dave und Phil zur
Seite, da man nicht weiß, woher der zweite Schuss auf
José kam. Dann legt er auf Phil an – und verlangt
dessen Tasche mit der Festplatte.

> PABLO
> Gib mir die Tasche.

> PHIL
> Meine Lebensversicherung? Ich
> dachte wir arbeiten zusammen?

> PABLO
> So wie gerade eben?

> PHIL

Das war ein Unfall, ein
Missverständnis!

Durch die Schüsse aufmerksam geworden, löst sich ein
Trupp Soldaten aus der entfernt liegenden Absperrung
und kommt näher. Darunter ist auch Ricardo.

PABLO
Die Tasche?!

Phil gibt ihm unter dem Eindruck der näher kommenden
Soldaten die Tasche mit der Festplatte.

PHIL
Was werdet ihr sagen?

PABLO
Abwarten. Du wirst jedenfalls noch
gebraucht. Ich bin sicher, wir
kommen bald wieder zusammen.

38 **AUßEN. FLUGPLATZ, VOR EINEM FLUGZEUG. TAG** 38

Dave und Maria steigen die Treppe hoch zum Flugzeug,
zeigen ihre Boarding-Karte und treten ein.

39 **INNEN. IM FLUGZEUG - TAG** 39

Innen sitzt Phil und hält sich, während Dave und Maria
vorbeigehen, eine Zeitung vor das Gesicht. Sie
bemerken ihn nicht, während sie nach ihren Sitzplätzen
suchen.

Umschnitt auf Phil, der jetzt die Zeitung weglegt.

Währenddessen: Durchsage, dass der Flug von Caracas
nach Havanna bereit zum Start ist etc.

Dave und María sitzen nebeneinander. María trägt eine Sonnenbrille, obwohl um Ihre Sitze herum keine besondere Sonneneinstrahlung zu sehen ist. Sie hat vor sich den Rucksack mit dem Laptop von Frau Reynolds.

DAVE
Es war nicht meine Schuld.

María reagiert abweisend.

MARÍA
Wer hat sowas gesagt?

DAVE
Er fehlt dir. Ich weiß.

Dave versucht, Marias Hand zu berühren, so wie man jemandes Hand ergreift, den man trösten will. Sie stößt die Hand zurück.

DAVE
Er war sehr mutig. Er hat Pablo das
Leben gerettet. Und ohne Pablo
wäre Phil vermutlich mit seiner
Festplatte weg gewesen.

María nimmt ihre Sonnenbrille ab. Ihre Augen sind gerötet. Sie spricht jetzt energisch.

MARÍA
Wieso seid ihr Deutschen so feige
geworden? - Mal wollt ihr die ganze
Welt erobert, dann wollt ihr nur
Kompromisse und kuscht vor jedem,
der ein bisschen Druck macht.
Immer lieb-lieb, um in aller Ruhe
Geschäfte machen zu können.

DAVE
Was hat das mit Josés Tod zu tun?
(Pause)

Ich bin das Gegenteil von einem
Geschäftsmann. Du
verallgemeinerst.
(Pause)
Phil war bewaffnet! Und einer seiner
Leute war uns gefolgt. José wollte
uns helfen, rannte dem aber genau
vor die Nase. Es ging zu schnell.

Maria schaut kurz rüber zu ihm, so, als ob sie ihm nicht
viel zutraut. Sie sagt aber nichts.

> DAVE
> So war das. Ich konnte nichts
> machen.

> MARÍA
> Schon gut. Wir haben die Festplatte.
> War nicht mal verschlüsselt.
> *(María hat sich wieder im Griff, wirkt*
> *freundlich.)*
> Die waren sich so sicher. -
> Immerhin: Wir wissen jetzt von
> dieser Sekte, die versucht, eure
> Geheimdienste von innen
> aufzurollen.

> DAVE
> Es sind nicht **meine** Geheimdienste.
> *(Pause)*
> Wie war das möglich?

> MARÍA
> Zu viele, zu schnell groß und
> unübersichtlich geworden. Da hat
> doch kaum einer noch den
> Überblick. Auch wir haben unsere
> Leute bei einigen Abteilungen mit
> drin. Auf alle Fälle bei der DEA.

> DAVE

Das sagst du mir erst jetzt! Und wer
ist „wir"?
Ich dachte, du warst mal ein Mitglied
der Farc!

MARÍA
Dave, das alles ist viel komplizierter,
als du denkst.

Fade out.

40   AUßEN. FLUGHAFEN JOSÉ MARTI, HABANNA/KUBA - TAG   40

Dave und María werden von einem uniformierten
Kubaner empfangen, der vor allem María begrüßt, und
beide an der Passkontrolle vorbeigeführt.

Sie steigen in einen alten US-Straßenkreuzer ein und
fahren in die Stadt (Havanna). Unterwegs gibt María
einen kurzen Bericht. Sie erwähnt vor allem den
unsicheren Friedensprozess - und die Differenzen
innerhalb der DEA, die in Teilen gegen den
Friedensprozess und in (kleineren) Teilen für den
Friedensprozess ist. Sie erwähnt Reynolds und Rick als
Teil einer Art Sekte, die sich innerhalb der
verschiedenen Geheimdienste ausgebreitet hat. Aber
die wahren Hintergründe sind noch offen.

41   INNEN. FAHRENDES AUTO - TAG   41

MARÍA
Es ist nicht die DEA alleine. Da
haben wir unsere Leute drin. Die
Farc hat vor einiger Zeit Sex-Parties
für DEA-Leute organisiert - und
einige dadurch erpressbar gemacht.
Ms Reynolds hatte eigene

Interessen und dabei weltweite
Kontakte. Es ist eine Gruppe von
Idealisten...

DAVE
Sag eher: Ideologen!

MARÍA
Meinetwegen Ideologen, die diesen
korrupten Haufen von innen
aufrollen will.
Die sind auch in anderen
Abteilungen der westlichen
Geheimdienste vertreten. Und sie
bereiten irgend eine größere Sache
vor.

KUBANER
Was könnte das sein? Und wer sind
die Drahtzieher?
(Pause)
Scientologen?

MARÍA
Das wollen wir herauskriegen.

KUBANER
Und wie?

MARÍA
Wir haben den Laptop der Leiterin
dieser Leute in Kolumbien in die
Hände bekommen. Ist leider alles
verschlüsselt.

Der Kubaner (Fahrer des Autos) schaut zu María, dann
zu Dave.

KUBANER
Und ihr glaubt, wir können das
knacken.

MARÍA
Genau das!

In dem Moment schaut der Kubaner in den Rückspiegel
und sieht, dass ein anderer Wagen hinter ihnen
herfährt...

KUBANER
Da sind welche an uns interessiert.
Mal sehen!

Der Kubaner fährt rechts ran und hält. Der andere
Wagen fährt vorbei und parkt vor dem Auto des
Kubaners. Einige junge Männer sind im Auto. Ein Mann
steigt aus. Es ist Phil. Er tritt einige Schritte in Richtung
Dave und María, die das Fenster runter kurbelt.

MARÍA
Na das ist ja mal eine
Überraschung. Phil, Sie hier?

PHIL
Wir wollten doch
zusammenarbeiten. Euer Pablo
schickt mich. Das sind meine Leute
in Kuba. Wir sind auch hier
vertreten, wie ihr seht. Die großen
Hotelketten waren unsere
Eintrittskarten. Kuba braucht
Devisen.
Und dreimal dürft ihr raten, wer noch
bei uns ist.

MARÍA
OK, Phil, wir treffen uns morgen.

Währenddessen sind zwei bewaffnete junge Kubaner
aus Phils Wagen ausgestiegen. Sie tragen die Uniform
einer großen Hotelkette. Sie postieren sich neben Phil.

PHIL
Nur eine Sache noch: Ihr gebt uns
den Laptop von Ms Reynolds. Es
wäre dumm, wenn er verloren ginge
oder wenn der kubanische
Geheimdienst ihn bekäme.
Ihr könnt morgen Vormittag bei mir
vorbeikommen. Ein sehr nettes
Hostal. Hostal Silvia. Dort ist um die
Ecke ein Restaurant, das von
jungen Leuten geführt wird. Dort
können wir uns ungestört
unterhalten. Die Adresse findet ihr
im Internet!

Er geht zum Kofferraum des Autos, öffnet ihn, nimmt
den Laptop-Rucksack raus, geht zurück zu seinen
Leuten.
Dave ist empört, will aufstehen und den Wagen
verlassen, aber María hindert ihn daran.

MARÍA
(ZU DAVE)
Lass ihn, so finden wir seine Leute
auf der Insel!

Phil steigt derweilen ein - und der Wagen fährt davon.

42   **AUßEN. CAFE IN SEWASTOPOL/ KRIM - TAG**   42

Bilder von Sewastopol/ Krim. Der Titel „Sewastopol" wird
dazu eingeblendet.
Dave sitze an einem Tisch und tippt einen Text in den
Laptop, während (s)eine Stimme *(innerer Monolog)* den
Text spricht:

STIMME (DAVE)
Den Laptop haben wir
zurückbekommen. Er wird noch

ausgewertet. Die westlichen
Geheimdienste wurden wohl
unterwandert. Aber von wem? Von
einer Sekte?
Auch die Farc war schon lange
keine einheitliche Gruppe mehr, die
durch eine Ideologie
gleichgeschaltet war. María hatte
ihre eigenen Vorstellungen. Sie war
sehr intelligent. Und sie sprach
perfekt Russisch.

Eine Frau, ca. 35 Jahre alt, Sonnenbrille auf der Nase,
kommt vorbei, setzt sich dazu. Sie legt ein dickes
Manuskript auf den Tisch. Dave unterbricht sein
Schreiben. Die Frau bestellt ein Getränk und wendet
sich Dave zu.

>   (NOCH) UNBEKANNTE FRAU
>   Kak dela? *(Wie geht's?)*

>   DAVE
>   María, lass das! Mein Russisch ist
>   eine Katastrophe.

María nimmt das Manuskript in die Hand und blättert.

>   MARÍA
>   Wieso stellst du dich so, so..

>   DAVE
>   Stümperhaft?

>   MARÍA
>   Ja, so stümperhaft dar?

>   DAVE
>   Hat ja auch lange gedauert, bis ich
>   kapiert habe, was da abgeht.

>   MARÍA

Ja, aber du warst viel wichtiger, als
du es schreibst. Vor allem in Kuba.
Ohne dich hätten wir es nicht bis
hierher geschafft. Und von Reynolds
Laptop will ich gar nicht reden. Den
hast du in Kuba zurückgeholt.
Das Kapitel hast du weggelassen.
Wie kann man, ohne es zu kennen,
wissen, wieso wir gerade hier sind?

Dave winkt ab. Im Hintergrund sieht man, während sie
reden, einen Jugendlichen, der auf seinem Smartphone
rumscrollt. Eventuell eingeblendet: Eine Liste mit
Gesichtern, die von oben nach unten über den
Bildschirm laufen. Der Jugendliche schaut etwas
ängstlich auf zu Dave und Maria, dann wieder auf sein
Smartphone.
Dave sieht das - und deutet auf ihn.

                    DAVE
        Schau mal!

Maria winkt ab.

                    MARÍA
        Wieso hast du Kuba weggelassen?

                    DAVE
        Kommt noch. Du weißt doch, wer
        mir geholfen hat.

                    MARÍA
        Ricardo?

                    DAVE
        Er hat Phil abgelenkt und ich habe
        derweil den Laptop ausgetauscht.
        Wird er längst gemerkt haben.

Dave deutet auf einen zusammengehefteten Stapel mit handgeschriebenen Texten. Er blättert oberflächlich darin herum.

Inzwischen wird der Jugendliche wieder eingeblendet. Maria bemerkt ihn, als er gerade herüberschaut.

Sie steht auf, geht zu ihm hin und redet mit ihm. Man hört, dass sie etwas auf Russisch sagt. Der Jugendliche wirkt erschreckt, verbeugt sich mehrfach, steckt das Smartphone weg und verschwindet. Maria kommt zurück.

> DAVE
> Was war das denn? Was hast du
> dem gesagt?

> MARÍA
> Er soll verschwinden. Was macht
> dich so nervös?

> DAVE
> Irgendwas stimmt hier nicht!

Er schüttelt den Kopf. Wird dann aber wieder ruhiger.

Er ruft er die Bedienung des Cafés und bestellt in (unsicherem) Russisch ein Glas Wasser. Dann:

> DAVE
> Wo hast du dein Russisch gelernt.
> Du sprichst gut!

> MARÍA
> In Kuba, so wie Ricardo auch.

> DAVE
> Wo bleibt Ricardo?

> MARÍA

Er sucht seinen Vater. Das kann
dauern.

43   **AUßEN. HABANNA/ KUBA - TAG**   43

Hier könnte die Szene in Kuba eingeblendet werden, in
der Dave den Laptop der Reynolds von Phil
zurückgewinnt, indem er ihn gegen einen anderen
austauscht, der genauso aussieht. Dabei trifft er auf
Ricardo, der sich aus Venezuela abgesetzt hat, weil er
nicht mit dem Drogenhandel einverstanden war, in den
auch Militär und Polizei verwickelt waren. Vor allem wird
in diesem Kapitel der Flug von Havanna nach Moskau
und weiter auf die Halbinsel Krim begründet.

*(Diese Szene fehlt noch. Oder sie wird, was besser ist,
in **Teil 3** des Drehbuches am Anfang eingeblendet.)*

44   **AUßEN. CAFE IN SEWASTOPOL/ KRIM - TAG**   44

Fortsetzung des Gesprächs in dem Café.

MARÍA
Und wie soll es weitergehen?

DAVE
Erst mal müssen wir herauskriegen,
was hier auf der Krim abgeht. Habe
gehört, dass die Amerikaner drüben
in der Ukraine eine Militärstation
aufbauen.

MARÍA
Genau das war ja der Plan, wieso
sie die Gegner Russlands finanziert
haben.

DAVE

Ich weiß, fünf Milliarden Dollar, die
eine Menge Korruption bewirkt
haben.

MARÍA

Die Ukraine war schon vorher
korrupt.

DAVE

Dann war eben das ein Einfallstor
für noch mehr Korruption.

MARÍA

Dave, es geht nicht um Korruption
allein. Die Ukraine soll in die NATO.
Und die NATO soll näher an China
ran geführt werden.

DAVE

Die Europäer sind dagegen.

MARÍA

Wenn du wissen willst, was die US-
Leute denken, da kann ich Victoria
Nuland zitieren.

DAVE

Ich weiß: „Fuck the EU!"

MARÍA

Warum strebt ihr nicht so eine
Eurasische Union an? China,
Russland und die EU. Das wäre
doch was, so eine eurasische
Freihandelszone, bevor die USA
alles platt machen, um wieder die
Größten zu sein.

DAVE

China will eine neue Seidenstraße errichten. Ich vermute, die wollen jetzt den Iran ausschalten, damit das nicht so schnell funktioniert. Nur: Was will Russland?

Maria schaut Dave zweideutig an, ohne etwas zu sagen.

DAVE
Du scheinst hier Einfluss zu haben. Sind die hier die Guten?

MARÍA
Was heißt schon gut? Du kommst doch aus Deutschland. Ihr wolltet nach dem Krieg immer nur die Guten sein. Und zu was hat es geführt? Jetzt seid ihr zum Spielball von anderen geworden.

DAVE
Von wem?

Während sie so plaudern, nähern sich zwei Motorradfahrer. Sie halten neben dem Café, steigen ab, nehmen die Helme runter: Ein Mann und eine Frau, so um die 40 Jahre alt. Offensichtlich ein Paar. Sie setzen sich an den Nebentisch und schauen zu Dave und María, als würden sie die beiden kennen. Der Mann bestellt Getränke auf Russisch – mit deutschen Akzent. Dann reden sie auf Englisch weiter, die Frau mit amerikanischem Akzent.

MARÍA
Kennst du die?

DAVE
Nie gesehen. Scheinen Deutsche zu sein. Oder Amerikaner. Sehr freundlich haben die nicht

hergeschaut. Diese Art Blicke kenne
ich.

MARÍA
Deine Stalker?

DAVE
Gut möglich. Lass uns gehen.

MARÍA
Warte!

María greift zu ihrem Handy. Wählt eine Nummer und
spricht etwas auf Russisch, das Dave nicht versteht.

Kurz darauf: Von weitem hört man Polizeisirenen. Die
beiden Besucher steigen auf ihre Motorräder, biegen um
die nächste Ecke ab und verschwinden. (Das
Motorengeräusch ebbt ab, die Sirenen werden lauter.)

ENDE VON TEIL 2

WEITER IN TEIL 3

Vom Autor bisher erschienen:

Faschismus als Massenbewegung
Essays zur Frage, welche Anteile am Faschismus des
20. Jahrhunderts heute wieder auftauchen könnten.
Pro BUSINESS Verlag
1. Auflage 2016
ISBN: 978-3-86460-508-6

In Gefahr und größter Not...
Teil I
1. Auflage 2017
Pro BUSINESS Verlag
ISBN: 978-3-86460-818-6
(Für die Verfilmung gibt es bei
Absprache mit dem Autor seit
2018 eine Variation, die an
Teil II, Teil III und Teil IV
anschließt)

FSC
www.fsc.org
MIX
Papier | Fördert
gute Waldnutzung
FSC® C083411

Zeitfracht Medien GmbH
Ferdinand-Jühlke-Straße 7
99095 Erfurt, Deutschland
produktsicherheit@kolibri360.de